醒睡

岡田一実句集

青磁社

やがてこの夜は、彼には他のいかなる夜よりも暗く恐ろしいものに思えてきた。それはまるで、もはや自分を思考しない思考、皮肉にも思考以外のものによって対象としてとらえられた思考の傷口から、実際に飛び出してきたかのようだった。それは夜そのものだった。

M. Blanchot, Thomas l'obscur, Gallimard, 2005 [1941], p. 33. ブランショ『謎の男トマ　一九四一年初版』門間広明訳、月曜社、二〇一四年、一二頁。

目次

装幀　濱崎実幸

句集　醒睡

光陰

楸《ひさぎ》咲く現《うつつ》いづこも日に傷み

日白む難波茨が峡《かひ》の径

萍《うきくさ》の根やみづげぢが揺らし食ひ

峯雲や其を段だらのあをき影

あをき蠅離れて花の要《かなめ》黐《もち》

早苗田や青たたなはる雨意の峯

山ちかく煙たち巻き牛蛙

十薬や庭ふところを塔の影

瀬の香《かざ》の沈める螢袋かな

橋桁に流れ分かれて靫《うつぼ》草《ぐさ》

曇天の植田白しや糸《いと》蜻《とん》蛉《ぼ》

万緑も人も平たく窓鏡

合《ね》歓《む》枯れてはさと吹かるる蟬丸忌

瓶透《しづ》く燈《ともし》まみどり七月来

渓《たに》暑し面《おも》河《ご》あをあを闌《た》け熟れて

茅の輪内《うち》外《と》に蟬《せん》声《せい》の濃さ変はらず

その花粉選り食ふ虻や銀梅草

日盛や亀虫が尻振り交《さか》り

かき曇り日傘の影のうす紫

蓮の花おろかな返事短かめに

雨に舌出して白猫花うばら

靴下のうへ膝頭アッパッパ

青空と茜の空が泉の面《も》
撮らんとせし物を蚊の影過りたる
祭衆をんなと見れば茶化しに来

曲りゐる鮎の肋骨箸で梳《す》き

信じあふ客と店員弱冷房

瞳孔を広げ考へ夏の人

すぢに沿ひ赭《あか》らむ蓮の病葉《わくらば》は

沢音をこゑうちのぼり法師蟬

読む本に頭影差す螽斯《きりぎりす》

水《みづ》向《むけ》の面《おもて》に燭の煤が浮く
焔《ほむら》萎え息に苧《を》殻《がら》を熾きたたす
青空を雲の疾《と》渡《わた》り臭木咲く

糸切れて巣を早のぼる秋の蜘蛛

とりかぶと巌のおもてのしんと濡れ

黄《き》鶺《せき》鴒《れい》とび失せ次の黄鶺鴒

ピアニカは音を外さず小《こ》望《もち》月《づき》
雲二筋その間黄濁る月の暈《かさ》
世を月に倦む曠《くわう》世《せい》の天才と

雲一つなく十六夜《いざよひ》を風透かす

階《きざはし》の間のものの根も白露かな

たまさかに身を揺すぶれり秋遍路

実石榴《みざくろ》や古き卒塔婆が石の如

不破の関けふ降らまくの芙蓉の実

栗食めば背子がかんばせ灯に白く

松風や板井掬《むす》べる龍田姫

去來忌や午後二時過ぎの夕ごころ

いはばしる荒《あら》砥《と》の瀬音ななかまど

高茂岬　六句

闇高き天や秋星つどひ這ふ

森は濃く銀河細濃き岬かな

オリオンの端《は》を明《あか》らめて夜半の月

海風の雲たちまちに月を得し

中天を煌《くわう》と朝月鷹柱

一旦はほぐれて又も鷹柱

緊《ひきしま》る汀の砂や紅葉川

吾《あ》をけなすこゑまぼろしの夜長人

落ち来たるむらさきの実の弾け飛び

棚越えて他の木を巻いて糸瓜《へちま》垂る

新幹線小春の窓のぱつと闇

雲割れて光陰はしる木の葉髪

茶の花にかかる気《き》息《そく》や波郷の忌

朝月に青き影あり返り花

花片の垂れざま石《つ》蕗《は》の花枯るる

首赤き鳥や何鳥枯木山

闌《たけなは》の焚火の音を虚空かな

くべし枝に灰窪みたる焚火かな

煤《すす》逃《にげ》のひと何ゆゑか歩み止み

見つつ待つレジの他人の年用意

紺《こん》青《じやう》の海を深敷く山や冬

宝船あたま乗せればぱりぱりと

数頁読み初夢を忘れたる

天意降る如き三日の日ざしかな

カーテンの洩れ日背越しに姫始

朝が来て夜が来て朝の繪《ゑ》双《すご》六《ろく》

猿曳の髪にすき入る猿の影

石手寺は仏陀雑多の四温かな

凍天や逆ほとばしる鐘のこゑ

首よぢり西向く顔や寒鴉

非想天　六句

日深き寒き市より喪ばしりぬ

凪の穢《ゑ》と哪《な》吒《た》の遊戯と冬日向

失せだます柳葉魚《ししゃも》に秀を感じ得ず

眼前の河豚の忘れし観世音

寒月や魚を割り飛ぶ仏陀その他

無花果《いちじく》に虹来万年床奥処

ぼとぼとと散じ落つるや石蕗の絮《わた》

鰤《ぶり》大根煮る間を前田普羅句集

鰤大根雪の浅間を思ふ舐む

羽根蒲団同じに背子が軽《かる》鼾《いびき》

消してあるストーブを日が温める

葉のうへに落葉の溜まる未《ひつじ》草《ぐさ》

十方罪　六句

苦が捲る微毛のひかり無《む》憂《いう》華《げ》樹《じゆ》

ましらより賢しらに美を撫でて曳く

目覚めゐてわかる蛇《じや》木《ぼく》や見目の界

懶《らん》惰《だ》の詩慈眼つぶしに四肢を敷く
他が岸の博徒を蒸して気密の慮
見し襞をしかと忘れよ十方罪

虹やかたはら数《かぞ》ふる指を
畳む日傘に熱ゆきわたり
きのふの油虫の脚とや

西瓜を蹴つて宙に音放る

門火や口を開き歯の照り

雲迅く曳く風を望月

神無月とは粉の散る岸

ひたに雄蕊を広げ茶の花

初湯の膝に近き顔《かんばせ》

うすらひに乗る薄き泥《ひぢ》の黄
世を瀬と流す櫻花はも
貝の吸物置きて夕東風

ひとつながりに影の梅影の樟《くす》

梅が枝を焚ける煙や梅の山

みづを脚擦りとぶ川鵜梅の花

白魚を勢《きほ》ひ立たしぬ袋ぬち

食み殺しつつ白魚の句を数句

殺めしを疎むこころや白魚食《く》ひ

早春遊望讃　六句

登城の蛾《が》眉《び》馬上の蝶のぐる飛驒

濁点の余寒のドグマ旗のうへ

怪《け》訝《げん》の巣個々に戦の蓬餅

冴えかへり得る懐の鮠《はや》の肌

傍らの背は白魚のまだらかな

陸《くが》　其処のうぐひす餅の眼頭

奔りくる波光もろとも渦潮に

曇天を囀りながら高く飛ぶ

雨粒に浸《しと》む辛夷《こぶし》のうす茜

向ひ合ひ口を開いてこゑ朧

徐に雛《ひひな》に及ぶ昼の冷え

雛《ひな》の客とはたましひを身のうちに

小《こ》綬《じゅ》鶏《けい》の空に雲なき虚子忌かな

ヒヤシンスその夜の影ひるの影

古池や山吹や水落つるおと

燕の巣壁に真白き糞《まり》の筋

飛び跳ねて菫の花のうへに乗る

はつとするほどに狐の牡《ぼ》丹《たん》かな

輪郭のほどけ日わたる霾《ばい》の天

蕾なる藤は栗毛の獣めく

思ひ出して舌打ひとつ春の風

早く打つ木魚嬉しき櫻かな

花や時しあれば乾《から》ぶ旅衣

恋ひめやも葉を吹く風の山櫻

宙を脚曳く脚長蜂や垣に消ゆ

鳴きごゑに昼の日当たり春の鴨

夜櫻に赤き燈の点く濠のみづ

滑り台しまひは春の子を抱き取る

猛りては長き静かや燕の巣

花ざゐと葉騒と一ツ木の椿

翻訳

熊ん蜂乗り溝蕎麦の花下がる

昼や蜩《ひぐらし》たまゆらにこゑ揃ひ

湯を出でて拭かず書く句や螽斯

きちきちととんばう宙をすれちがふ

くちびるを狭め口笛荻の風

西鶴忌その十日後の定家の忌

菊の香の定家忌それも空のもの

芙蓉落ちそのむらさきの濃く暗く

花連ね風透く洋種山牛蒡

秋うらら吾の褒め上手汝《なれ》が褒め

待宵に背を向けし影カーテンに

名月や海老のビスクが皿にいろ

縦半分に切り弧を潰し蔓茘枝《ゴーヤ》切る

客どもは前向き野分ANA機内

白露けふ塔の高処を雲のなか

荻窪や光のこゑが秋の雨

蚯蚓鳴き鏡がくもり旅の風呂

狭《さ》筵《むしろ》や片敷く月の影に頬

秋や流す機内厠《かはや》のジュッと鳴り

明くる日も酔の残れるつづれさせ

墨色に花枯れ絮の薊《あざみ》かな

澄む水の高音そのまま夕暉尽く

のぼりつつ広ごる煙曼珠沙華

曼珠沙華揚羽は吻《ふん》を伸べ挿しぬ

今朝の雨海を濁らせ芙蓉の実

ともしびの近づき霧に吾《われ》の影

落涙の鼻孔痛しや獺《だつ》祭《さい》忌《き》

九《ここの》重《へ》の雲居を月や笛の須磨

花すすき雲が天界掻き囃し

読む文字のまはりの文字や秋灯

ゐのこづち犇《ひし》と付けしをゑませ撮る

深轍　六句

うへよこに頭を振る闇が昼に棲む

水《み》輪《なわ》為し佛師と遊ぶ顔規範

はじまりの浅瀬あかるき微塵かな

伽羅香の天は衝くたびにこにこと
泥酔の黄金に須磨の帆柱を
日々祝日たましひを緋の深轍

雨しかしによつと端を見す後の月

書きし字を折りて手紙や秋深き

木犀の影の揉みあふ潦《にはたづみ》

果肉抜け皮あざやかや烏瓜

竹箒秋や不思議の立姿

夜闇より雨気の遠のく栗御飯

歯に圧《あつ》しオクラの種の舌に出づ

散髪の頭のこちを向き撫でて秋

つまみ持つ山鳥の尾や紅葉谷

アルコールジェル小春日に温まる

初しぐれ旅の昼餉のさつと済み

重なつて紙めく音や朴落葉

徐に暈を得る日や日向ぼこ

悪しざまに書きし松山漱石忌

夕鐘や日のさしわたる蜜柑の木

半分は冬の日当たり案内図

天明や波が荒打つ牡蠣の殻

嗅ぎこれは枯れしシソ科の何かとふ

鴉来て鴨の咫《し》尺《せき》を蹴つて去る

日落つるさまを見尽くし日向ぼこ

指曲げて革の手袋軋み鳴る

華美な皿そのうへに菓子クリスマス
望まれて死にしイエスやクリスマス
十二月二十六日ゆるゆると

とこしなへ　六句

話者滅し非読のこゑの詩《ポエム》かな

補《ふ》特《と》伽《が》羅《ら》が裡《うち》より割れて妹《いも》頭《がしら》

翻訳の喩が天日を嗽《くちすす》ぐ

長舌を寄せては括り解き没す
蓋を飼ふ居間の指達とこしなへ
幸せに豊かに割れてゆきにけり

無を陽

史に煮

悪筆を詫びず謹言年の暮

寝にかかる除夜の日越えの華やぎを

ひゅーんと来てぱーんと死せるを無季の句に

蛸を食ふ迦《か》陵《りよう》頻《びん》伽《が》や初茜

初笑そののち呵呵と笑ひ継ぐ

初夢の酢の香のなかに醒めにけり

横たはる昼の年酒に酔へる身が
ごまめ食むうつしゑ海をうすく筋
日を見し目たちまち暗む繪双六

歓ばす心は神も初詣

あらたまの尿意をはこぶ昇降機

凍滝や白雲天を巻き奔り

存《ながら》ふる靄《もや》が積まれし雪のうへ

信号が青を道の面《も》寒の雨

風の向きかはつて空の寒鴉

プラグ抜き電気ストーブ灰色に
意味のなきこゑを出しつつ咳《しはぶ》ける
くるくると巻き枯蔓が切れてゐる

梅を撮る長いレンズを上に向け

初蝶の大蛾のごとし茶色濃く

しゃぼん玉横に流れて沈みけり

右へ子が駈けて左へ蝶々とぶ

椿見て薔薇の如きと思ひ言ふ

飛び立つて綺麗な鳥や日永し

見し鳥や夜はおもかげに囀りて

燭の炎《ほ》の色なきところ涅槃寺

眼鏡取り春セーターに頭を通す

春宵や着信音が変な曲

買ひし土筆《つくし》を手づからに煮たりけり

見えてゐる雛《ひひな》の袖の中の闇

みづの上《へ》を細き草浮く穀雨かな

粒やかに蕊の影乗り一輪草

一輪は蕾さみどり二輪草

鳥ごゑのなかをがたまの花の降る

流れあるみづを雨打つ夕櫻

鞠やいまはづみ衰へ夕櫻

集ひ食ふ櫻の幹に背あづけ

黄なる蝶すり抜け枝垂櫻かな

夢を笛うつつを雨の躑躅《つつじ》かな

読む本に笑みて笑みやみ春の昼

房が立ち昇る水面の影の藤

花虻の二つ上れる藤の空

ぼうたんに昼を退《の》きゆく日影かな

芍《しゃく》薬《やく》の滅多矢鱈の黄なる蕊

吹降りの窓を鳴らせる立夏かな

緑さす鷺《さぎ》の景より鷺去りぬ

蜿《ゑん》蜒《えん》と這へる白蛾や杉新芽

髪撫でて雨と知りたる粽《ちまき》かな

阿蘇　一二句

汐風の顔に分かれて船薄暑

緑陰の漏れ日に首の日焼けゐつ

山涼し葉ざゐを空にひた放ち

玻璃を打つ簾《すだれ》の端や旅の昼

阿蘇の草ことに涼しく馬もがな

みどりなす外輪山を雨煙

野茨の阿蘇は朝風明らかに

小満の日の面を奔り火山瓦斯《ガス》

風に貌《かほ》悴《かじか》む初夏の噴火口

夏雲の影退《の》きぱつと草千里

若葉青葉此処は波野で草も波

翠《すい》微《び》いま深山霧島明明と

五月雨の地を打つ音の迅くなる

六月の墓に挿しある鯉幟

石《いし》礫《つぶて》怒れる蟹を割り棄てに

影垂らし蔦《つた》葉《ば》海《うん》蘭《らん》塀を咲く

あめんぼういま彼と交《さか》り此と交り

つるつるの木のひらひらの梅《つ》雨《ゆ》菌《きのこ》

光急《せ》く側溝のみづ額の花

花吹かれ垂れては定家葛かな

若竹の高きところに篳《たけのかは》

孑《ぼう》孑《ふら》のうしろへ横へ手水鉢

雨、兄をしぞ思《も》ふ　八句

六月のすなはち兄に綿の窪

兄の忌を座し徐に黴《かび》の風

あぢさゐや水《み》漬《づ》く棺の兄妹

梅雨菌ひたと頭に伸びし兄

美《は》しくゑむ兄の裸の茶《だ》毘《び》すがた

手を解いてぐる此の世の皐月波

うつとりと螢袋に腐《く》ち合ひぬ

時鳥《ほととぎす》わつさほいさと歯を撒いて

青海波　九句

鹿のこゑ過去の廻《ゑ》向《かう》を深山かな

瀬の倫理紅葉の連理刻むべう

秋鯖を裏がへしては神のこゑ

秋雨やけふも成仏闊達に

みづのおと将撥《はたば》条《ね》を売る河の霧

面《おも》輪《わ》より水《み》皺《しわ》へ鯊《はぜ》や常鬱世

幻聴の耀《かがよ》ふ森の柿羊羹

猪《ゐの》微塵詩人の餐の天の和平

又烏瓜の末路の熟知の朱

傘のそと夕立に土跳ねあがる

断ちしぶるこゑを熊蟬どつと雲

玉虫や指の膚《はだへ》に足かけて

カーテンを打つ短冊や鉄風鈴

昼寝寸刻あとはごろごろだらだらと

指に紙《し》魚《み》潰し引きしや筋に跡

火に近き茄子ひたぶるに煙噴く

胡瓜《きうり》嚙む音わが顔の内側に

目の上に鮑のちらばる泳ぎかな

連なつて拝む信者や御《み》饌《け》の茄子

花びらを呉れ何の花蓮の花

何らかの得心きざし蓮の蕊

閃閃と雨降りながら雲夕焼

考へてゐて考へと蚊の痒み

毛虫背の金のすぢ曲げ葉を食めり

棚田見えくる夏霧ののぼり退《の》き

山の蜘蛛サイドミラーに戦《そよ》ぎをり

底照つて敏《さと》く涼しく鮠の縞

滝音の退きうぐひすが夏のこゑ
雨音や床に昼寝の頬平ら
白しらと夏ゆふぐれの人のこゑ

世瀬

幻景韻試論

みちほのをしのの
みりむに
なはんがは

§

たは
さのた
ばんをたけ
せか　みえべよ　ゐ

§

みかじびし
いし
　をし
とぽろさらぽけし

§

えでつぜのみにとこ
ぜ
かもすきぐきに

§

ひむけたはほのろし
ゑやみ　ぬくくわいや

§

めののふよ
そにいよよ
てゆ
きののふよ

櫻

芍薬やいまし始まる紙芝居

蟻歩く踊子草を下向きに

すぢ雲や海は余春の茜照

衣更へて立つて衣踏み足の裏

さわさわと咲いてさみどり澤胡桃

小さき虻それごと風の姫《ひめ》女《ぢょ》菀《をん》

花の香が吾を越え西へ泰《たい》山《さん》木《ぼく》

笠島や白き馬ゥつ五月雨

花の名をググり確かに甘野老《あまどころ》

色さみどりに紫陽花の蕾凝る

見えて日の巻く蠛《まく》蠓《なぎ》のひところ

夏草やうつせに昼のキャンプ場

馬《ま》柵《せ》を越え花くしやくしやの葵かな

あぢさゐに枯葉一枚深刺さる

合《ね》歓《む》咲いて葉ごし深這ふ火輪かな

海風を沈む家並や枇杷実る

己《し》が糸ですつと下《おり》たる尺《しやく》蠖《とり》虫《むし》

口中が酢に驚いて心太《ところてん》

飛ぶ翅のふためく蟬や昼近し

西念を寝かしつけたる団扇《うちは》かな

よく身体はたらき健気かつ涼し

深ぶかと猿の高鳴く茂りかな

噴水の霧めくが宙はしりけり

わだつみの闇に吸はれて夜光虫

鳴るたびに雷近き蕃《ばん》茄《か》かな

灼け駈けて舟虫の思惟《しゐ》ささ止まり

眼差しにたち現れてアッパッパ

濛々と障子を影の毛虫かな

クーラーをピと鳴らし点け交合を

夕焼や燭を豪華に救急車

蜘蛛の巣の黄なる粘りが袖口に

須臾《しゆゆ》にその顔を当て合ひ蟻と蟻
水馬《あめんぼ》の足うきくさの葉の上に
蛇によろり蜥蜴《とかげ》によろりと続けざま

怯ゆる躰ゆるゆるしづめ泳ぎそむ

幾筋も風の白雲行《ぎやう》々《ぎやう》子《し》

面《おも》河《ご》暮れもつれつまづくこゑの蟬

うかれこそすれ秋蟬のこゑが花

身を低くしてより飛蝗《ばった》動かざる

破廉恥な色や盆菓子らしき彩

海風や落ちて芙蓉の軽く跳ね

裏の蟻透く朝顔の花おもて

蓮の実のみな茎折れて下を向く

一《いっ》盞《さん》のうちに雲消え小望月

ひんがしも薄く夕《ゆ》焼《やけ》や月を待つ

名月の暈やその端の紅き円

爪沈め皮剝く月の衣《きぬ》被《かつぎ》

雲《くも》騒《ざゐ》を逃げ中天の既望かな

酔《すい》に背子臥し立待が顔に差す

居待月冷ゆるシートを額《ぬか》にぴた

臥待のどるんと低し塔の横

眠剤にゆるぶ視界や十九夜

寝し人と玻璃を隔てて更待月《ふけまちづき》

うたてやな竈馬《かまどうま》とぶ荒磯海《ありそうみ》

小鳥来てしばらくはゐて霧のなか

秋風や蛸の繪のゐむたこ焼き屋

薄闇を浮き澄む瀬音黄釣舟

押さへ削ぐ白露のいをの身冷た

側溝の流れの緩き穭《ひつぢ》かな

雁《かりがね》や日を照り返す手《しゅ》背《はい》の膚《ふ》

夕焼をひた圧《お》す夜闇栗きんとん

むらさきの紋を振り飛ぶ秋の蝶

衰へし秋夕焼に確《しか》と山

漆黒を蟋蟀《こほろぎ》のこゑ刻み止む

木犀の花間を細に綴る蜘蛛

脱いである靴に秋日とものの影

天界の束の間赤く鷹渡る

霧のみの薄墨色のうつしゑを
芭蕉忌や淡き色ある夢の菓子
膝屈し撮る袴着の子を立たせ

山茶花の落花は影に花は日に

丸葉冬苺の失せし掌《たなごころ》

障子閉め縦に燈のすぢ走る

短日や窓にまぢかく籏《ど》を掲ぐ

樅《もみ》の木を雲の迫《せ》ばしる鷦《みそ》鷯《さざい》

餅搗の音に峰《ほう》巒《らん》のたたなづく

師走十六夜迅《と》き流雲を照り捨てて

煤逃や頭なくからだの長き蝦《えび》

太陽は影を落とさず大《おほ》旦《あした》

読初やほぼ繪にほほゑめる子を挿繪

夜の雨を五万米《ごまめ》の旬の梳きのぼる

鶺《せき》鴒《れい》の落葉溜りを嘴《はし》に突く

新春の指揮者や跳ねて楽しげに

初詣いだく赤子を傾けて

オイルヒーター無明無音や夜の雪

法《のり》面《めん》や縦に斜めに霜柱

借りて読む雪《せつ》岱《たい》図録たまに咳

降るとしもなき大寒の月の雲

水仙の叢《むら》や膝《しっ》下《か》にかき分けて

寒鯉や柳落葉を吐き出して

探梅の吾《われ》らの影が墓のうへ

読める頭にふと白菜の全き画
供華《くげ》造花枯れしゑのころ混ぜ挿して
重著《かさねぎ》のわたくしそれと祖母の祖母

ウヰットに富む悪口や藪柑子

地を打つて浮き翻る落葉かな

冬すでにまぼろし深きマドレーヌ

常詩品　六句

果《はて》は川うすき皮其を梳《くしけづ》る

意志にゑみ落ち継ぐ空の柱を背

舞の手に日輪六つを衝き曳きぬ

汝《なれ》に会ふ汝と一休逆《さか》遊び

残波の名それ宛ての夢多勢とす

白のあと澄める念あり常《じやう》詩《し》品《ぼん》

喜劇　六句

コロス溶け飽き日が島世界

盾の割れなば零を積む碑を

長き城架け月を日を蝕

天の深さをペガサスるゆゑ
神におほきな赤を言はしめ
地をひた皺め暗黒《やみ》淵《わだ》の笑む

滅し又ひかる漣梅一分

飛ぶ雲雀《ひばり》そのうへ雨を降らす雲

囀りの塔より塔へ渡りとぶ

永き日の晷《ひかげ》寒きに子等遊ぶ

茜さす愛の日姉の舌を舐め

見せばやな野《の》蒜《びる》は昼を志賀に揺れ

歩みをり日永の影が足の前

目なく鼻なく四肢広げ吊るし雛

屈めし身伸べ蜜蜂の飛びたちぬ

花《はな》烏《い》賊《か》や火に褪《たい》紅《こう》の汁を噴き

脇見せて天を差しをり甘茶仏

羽振つてきゆわきゆわ飛べり春の鳩

落椿石橋の面《も》に蕊を当て

をがたまの咲くや日が闌《た》け紫し

鳥声と洩れ日ひた降り一輪草

脚を繰り菜花の奥にしづむ蜂

花桃を見る目に蚋《ぶと》が迫り見え

小《こ》綬《じゆ》鶏《けい》やしふねく緩ぶ声のすゑ

ほのぼのをあまぎる花や百代橋《ももよばし》

ぼんやりと山に日の入る櫻餅

花むしり嗅ぎそこそこで川に捨つ

やどりして山に花降る洗桶

花の刃は諸手の法を南より

川東風や房《ばう》の敷居の櫻花

擬人の死寄進の花の骨まつり

象の身で下賜《かし》の櫻をしづかかな

花鳥や翠微《すいび》を西に武士ゐむく

無母ひがし声にし花の月日かな

久遠まで撫でかはし得て花の智慧

花を汲む半端な指も寿《いのちなが》

筋の日や花を笑み耐へ間座の役

在る花がさかひを灰と編み超えに

俤《おもかげ》の花は胡《う》乱《ろん》の由《よし》を巻く

兄のなか滅多櫻の気を結ひき

兄姉の花の川原が世を畳む

視野うづに花の密気を笞《しもと》打ち

日の当たる櫻の花や影を裡

醒睡　四七四句　畢

跋

私性《わたくしせい》を超えた私《わたくし》が表出されるとき、それは過剰化されながら私《わたくし》と連動し、時代に開かれながら流転していく思念と伴走する。時間を折り畳みつつ気分が滑り奔る物質としての身体は、未来を撓め入れながら、自らの厚みに退隠する対象の意味の公共性をマルチモーダルに呼び覚ます。モノを汎ゆる隠喩性が作動する他我的な回転軸の芯と見做し、自得的押韻を言葉のうちに見る興の風情よ。

知覚の泡沫は香を残し、媒体なしに保存される。仮置きの価値は複雑に生成を繰り返し、内奥の意志の力は高揚し続けるかのごとく錯覚的に現れながら仮構化する。見えないものどもの力が承認される有限なごっこ遊びのなかで、明滅と反転を繰り返す確かさは、解を得ぬまま立体的な色相のいずくかで質的に揺らめく。意味の再興と懐疑とが絶えず生起し、亡失する。開かれながら閉じる未完了な感覚の粒たちよ。

自由な戯れの中での生動化を逃さず、動的な複雑性を減縮して二元論的な安直に整理されがちな知覚の、反響を聴き、純テクストを疑い、認知と遊び、踊り、闘い、遡り、関係し、書く。業は深まり、愉悦は乱反射する。

この地獄のような極楽で多生の縁のあった一切のもののに感謝申し上げる。

■著者略歴

岡田　一実（おかだ　かずみ）

１９７６年、富山県富山市生まれ。

２０１０年、第３回芝不器男俳句新人賞にて城戸朱理奨励賞受賞。

２０１４年、「浮力」により第32回現代俳句新人賞受賞。

２０１５年、「らん」同人。

２０１９年、句集『記憶における沼とその他の在処』で第11回小野市詩歌文学賞受賞。

２０２２年、評論「『杉田久女句集』を読む―ガイノクリティックスの視点から」で第42回現代俳句評論賞受賞。

２０２３年、「らん」終刊。「鏡」同人。

愛媛県松山市在住。現代俳句協会会員。

句集
『境界 -border-』（マルコボ．コム、２０１４）
『新装版　小鳥』（マルコボ．コム、２０１５）
『記憶における沼とその他の在処』（青磁社、２０１８）
『光聴』（素粒社、２０２１）

著書
『篠原梵の百句』（ふらんす堂、２０２４）

共著
『関西俳句なう』（本阿弥書店、２０１５年）
佐藤文香編著『天の川銀河発電所　Born after 1968 現代俳句ガイドブック』（左右社、２０１７）

carminic13@gmail.com

句集　醒睡

令和六年五月九日　初版発行
著者／岡田一実＊発行者／永田淳＊発行所／青磁社（京都市北区上賀茂豊田町四〇－一〒六〇三－八〇四五）／電話〇七五－七〇五－二八三八／振替〇〇九四〇－二－一二四二二四／URL https://seijisya.com ＊印刷・製本／創栄図書印刷＊定価二五〇〇円
ISBN978-4-86198-585-0 C0092 ¥2500E